Herstellung und Verlag:
BoD – Books on Demand, Norderstedt
ISBN 9783758317019

Inhalt

Hey, danke, dass du unser Buch in deinen Händen hältst. Möge es dir Mut zum glücklich sein schenken.

Wir haben uns für eine Neuauflage entschieden, weil sich ein paar wenige, aber wichtige Details geändert haben.
Die „blauen Blasen", auf Social-Media, die als Symbol für eine Nachricht angezeigt wurde, gibt es nicht mehr, sondern werden nun als ein Kamerasymbol oder roten Punkt angezeigt

Inzwischen sind wir 10 Jahre zusammen und sehr glücklich verheiratet. Nebenbei haben wir uns selbstständig gemacht.
Wir bauen jetzt mit viel Liebe Schneidebretter aus massiv Holz.

Wenn du möchtest, findest uns im Internet unter „www.uniqueboards.de".

Wer weiß ... vielleicht hat nicht nur unser Buch zu dir gefunden :)

Nun wünschen wir dir viel Freude beim Lesen und denke immer daran:

„Sei mutig, um glücklich zu sein."

Sei mutig um glücklich zu sein

Dany und Sascha Ballerstedt

Dieses Buch ist allen Menschen gewidmet, die den Glauben an die große Liebe noch nicht verloren haben.

Kapitel 1

Der Blick aufs Handy…02:48 Uhr…wieder so eine schlaflose Nacht! Ob das Handy, wieder eine Social - Media Nachricht anzeigt? Instagram bestimmte seit einiger Zeit mein Leben. Die visuellen Menschen dort lenkten mich ab. Schließlich hatte ich mich erst einige Wochen zuvor getrennt! Nun hatte mein unglückliches Eheleben ein Ende! Endlich wieder frei atmen ohne den täglichen Streit und Ärger, worunter natürlich auch meine drei Kinder litten.

Mhhh…kein roter Punkt…nun ja um diese Uhrzeit schlafen „normale" Menschen wahrscheinlich, dachte ich mir, während ich mein Handy auf dem Nachttisch ablegte.

Ein roter Punkt zeigt eine Nachricht von Instagram an. Instagram ist ein kostenloser Online Dienst zum Teilen von Fotos und Videos. Anfangs interessierte ich mich nicht für diese Plattform, aber meine Kinder hatten es nach kurzer Zeit geschafft, dass ich mich doch dort anmeldete, was sie, wie ich glaubte, schnell bereut hatten.

Weil ich keinen Schlaf fand, stöberte ich etwas bei Instagram und stieß auf eine Seite: „I shoot and raw" Diese Seite zeigten bemerkenswerte Fotos in RAW-Verarbeitung und Schwarzweißkonvertierung.

Darunter ein Foto mit einer wunderschönen Kirche. Ins Staunen kam ich noch mehr, als ich bemerkte, dass ich diese Kirche kannte, sie stand nämlich in dem Ort wo ich wohnte. Jede Menge „gefällt mir-likes" hatte ich auf dieser Seite zu verteilen.

(Katholische Pfarrkirche St. Ägidius)

Kapitel 2

Gnadenlos schepperte der Wecker auf meinem Handy um 06:00 Uhr morgens. Unzählige Songs hatte ich schon als Weck- Ton gespeichert. Zum Aufwecken hörten sich scheinbar alle Lieder grauenvoll an.

Gedrängel wie jeden Morgen, abwechselnd in Flur, Bad und Küche. Gefühlte hundert Brote geschmiert und noch immer kaum aufnahmefähig, hörte ich plötzlich eine Tür ins Schloss fallen.

Schönen Tag mein Sohn, danke dir auch Mama...wäre toll gewesen. Macht „Mann" mit 17 Jahren nicht mehr, ist ja uncool. Ok, der Große weg.

Ein süßer Duft von zu viel aufgetragenem Parfum zog zu mir in die Küche, während ich noch für die zwei Damen des Hauses Pausenbrote schmierte: „Tschüss Mami" hörte ich eine für mich zu lauteStimme an diesem Morgen. Top gestylt als hätte sie gleich den nächsten Victoria-Secret Auftritt, spazierte die Große auf mich zu und gab mir einen Abschiedskuss.

Das Brot wurde natürlich abgelehnt. Ich vergaß, dass eine Karotte bis zum Mittagessen sättigt. Wiedersehen! Die Große weg.

Engel? Eeeengel! Keine Antwort. Die Kleinste war wieder ins Land der Träume gefallen. Schnell wurde auch die Jüngste geweckt und für den Kindergarten fertig gemacht. Brote wurden von ihr mit einem dankbaren Blick in den Rucksack verstaut… "braves Kind" dachte ich mir und lächelte.

Kapitel 3

07:30 Uhr alle Kinder in der Schule und Kindergarten. Ich beschloss die Hausarbeit noch etwas liegen zu lassen, um vorher einen Lösi zu trinken. (Lösi = Löslicher Kaffee, schnell, günstig nach ca. fünfzig Tassen schmeckte der sogar) Mit dem Lösi in der rechten und dem Handy in der linken Hand, schlurfte ich raus auf die Terrasse, die ich mit Deko-Buddha-Köpfen und Blumen als Wohlfühllounge verschönert hatte, stellte meinen Kaffee ab und dachte: „Eigentlich wärst du jetzt auch schon auf dem Weg zur Arbeit".

Meine Arbeit im Hotel verlor ich nach einem dreifachen Bandscheibenvorfall. Während ich mit mir mal wieder selbst Mitleid hatte, bemerkte ich, dass mein Handy blinkte. Instagram-Nachrichten. Ich überflog die Nachrichten. Nichts Neues, das Übliche wie jeden Tag, jeder wünschte jedem einen „Guten Morgen".

Doch dann bemerkte ich plötzlich einen neuen Follower. Durch das besuchen auf anderen Seiten und den damit verbundene likes, Kommentieren deren Fotos, kommt es eventuell zu neuen Followers. Ein Follower ist jemand, dem deine Seite gefallen hat und der dir bzw. deiner Seite dann folgt.

„I shoot and raw" folgte mir nun. Mit einigen likes zu meinen Fotos und eins davon sogar kommentiert, stand doch tatsächlich unter einem meiner Selfies, die ohne Powercam und deren Effekten, nicht für die Öffentlichkeit zumutbar gewesen wären: „ Good shoot". Der Typ mit der Kirche und den beeindruckenden schwarz-weiß Fotos.

„Ein Kompliment von einem Fotografen", dachte ich. Erfreut über einen neuen, scheinbar netten Follower kommentierte ich Folgendes zurück: "Danke, und DAS von dir. Ein paar Tage später und ich fand mich wieder einmal mit Lösi, Kippen und meinem ständigen Begleiter "das Ladekabel" draußen auf meiner Terrasse an der Steckdose wieder. Ein blinkendes Licht auf meinem Handy signalisierte mir, dass sich eine Nachricht empfangen hatte. Ein roter Punkt von „I shoot and raw". Aufgeregt öffnete ich sie: "Wie war das gemeint danke und das von dir?" Nachdem meine Augen eine Runde darüber nachgedacht hatten was er damit meinte bzw. was daran nicht zu verstehen war, teile ich ihm mit, dass ich mich sehr über seinen Kommentar gefreut hatte zumal er von einem Fotografen kam, und schickte die Nachricht ab. Anschließend stöberte ich wieder auf seiner Seite bei Instagram. Account von Sascha „I shoot and raw". Wieder musste ich feststellen, wie fantastisch seine Fotos doch waren. Gebäude, Tiere, Pflanzen und Menschen aus dem Moment heraus fotografiert, bearbeitet mit Photoshop und in schwarz-weiß festgehalten.

Sascha hat es voll drauf, dachte ich und mir fiel auf, dass auf einigen Fotos ein Mädchen bzw. zwei abgelichtet waren die mir bekannt vorkamen. Die Kirche aus unserem Dorf und jetzt die beiden Mädchen...Instagram ist so groß...das kann doch nicht sein, dass ich zufällig jemanden aus dem gleichen Ort hier auf Social - Media treffe. „Bist du der Vater von den Zwillingen?" war meine nächste Nachricht an ihn. Ein roter Punkt von „I shoot and raw" lüftete das

Geheimnis: "Ja, woher kennst du die beiden?", wollte er wissen. Erstaunt darüber, dass ich Recht hatte antwortete ich ihm umgehend und teilte ihm mit, dass meine Tochter, nicht nur im gleichen Kindergarten, sondern auch in der gleichen Gruppe vormittags betreut wurde wie seine beiden Zwillinge. Was ein Zufall, dachte ich mir, wobei ich ja nicht an Zufälle glaubte. Von da an schrieben wir uns täglich. Wir wünschten uns gegenseitig einen guten Morgen, einen schönen Tag und eine gute Nacht.

Kapitel 4

Anfangs bemerkte ich nicht wie sehr ich mich über die Nachrichten von Sascha freute bis zu diesem Tag als mir mal wieder ein roter Punkt auf dem Display meines Handys erschien und ich sie öffnete:" I shoot and raw hat dir ein Foto geschickt ..."

(„Marksburg" am Mittelrhein)

„Für mich?", stellte ich mir staunend selbst die Frage. Auf dem Foto war eine Burg abgelichtet, über der ein wunderschöner Regenbogen schien und zwar in den schönsten Farben die man sich nur vorstellen konnte. Darunter stand:

„Only for you"

Das hat mich umgehauen. Für einen Moment hatte ich das Gefühl, dass mein Herz stehen blieb und dachte: „So etwas Schönes habe ich noch nie bekommen, nur für mich?!" Nun schlug mein Herz in einer rasenden Geschwindigkeit. Ein unbeschreibliches Gefühl umhüllte mich von innen und außen. „Du bist ein Schatz!" antwortete ich ihm dankbar, denn am Ende des Regenbogens findet man einen Schatz. So heißt es in einer irischen Sage von den Kobolden (den Leprechauns), die am Ende des Regenbogens einen Schatz vergraben hatten. Am Abend kam noch ein wunderschönes Foto von Sascha mit vielen Sternen und ein Stern davon leuchtete deutlich heller als alle anderen. Unter diesem wundervollen Foto stand dann: "Der hellste Stern leuchtet für dich und wird immer auf dich aufpassen"

Ich war total baff. Was ist das denn? Ich schreibe mit einem Mann den ich nicht kenne, nicht mal weiß wie er aussieht. Erlitt fast einen Herzstillstand, wenn ich von ihm eine Nachricht bekam und wenn sie las, war er mir als würde mein Herz Purzelbäume schlagen.

Kapitel 5

Am nächsten Morgen hatte ich eine Anfrage auf Facebook. „Okay?" dachte ich mir, eine Freundschaftsanfrage?! Kenne ich nicht, dachte ich im ersten Moment als ich mir das Profilbild ansah. „Was ist das für ein Freak?" kam mir als erstes in den Sinn. Der Mann auf dem Foto hielt zwei Finger hoch und hatte eine Kippe im Mund. Während ich noch überlegte, ob ich den lustigen Typ mit Peacezeichen kenne, entdeckte ich auf seiner Seite viele schwarz-weiß Fotos. Das wird doch nicht…? „Bist du das auf Facebook?" erreichte ein roter Punkt „I shoot and raw" über Instagram. Voll gespannt öffnete ich seine Nachricht, denn die Antwort kam prompt mit: " Yes"! Aha so sieht Sascha also aus und betrachtete genauer und länger sein Profilbild. Was ich sah gefiel mir immer mehr. Sascha meinte noch, dass das Foto auf einer Party nicht mehr so ganz nüchtern geschossen wurde. Amüsiert über diese Aussage dachte ich: „Besser als ein feiner Schnösel im Anzug."

Kapitel 6

Am nächsten Vormittag klingelte es das zweite Mal an meiner Wohnungstür. Mit guter Laune kam Birgit, meine Lieblingsnachbarin, zur Tür herein, als ich diese öffnete. Fröhlich teilte ich ihr mit, dass Rene`, der Freund meiner besten Freundin Mel, schon da wäre, alles vorbereitet wäre und auf sie warten würde. Während Rene` anfing, sich über Birgit „herzumachen", saß ich draußen auf der Terrasse mit Lösi und Kippe, lauschte dabei dem surrenden Geräusch zweier Spulen, die ein Magnetfeld erzeugten, damit sich die Tattoonadel vor und zurück bewegen konnte. Plötzlich kam mir eine Idee in den Sinn. Unbedingt wollte ich einen Stern tätowiert haben mit dem Buchstarben „S" wie Sascha. Eine blaue Nachricht an Sascha: " Ich möchte mir gleich einen Stern tätowieren lassen, wohin soll er?" Saschas Vorschlag war rechter Oberarm. Das war nicht möglich, weil da schon einige andere Tattoos waren und das wäre mir zu weit weg. Die Burg mit dem Regenbogen wäre auch sehr schön gewesen aber so spontan und zeitlich für Rene nicht umsetzbar. Die Entscheidung fiel also auf den hellsten Stern`, der

immer auf mich aufpassen sollte, und zwar nah an
meinem Herzen auf dem Dekoltee.

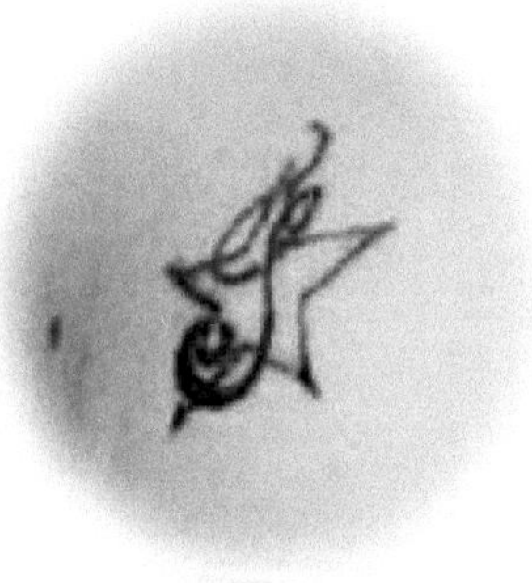

Saschas Frage zu dem Foto mit dem Tattoo war, welches ich ihm unmittelbar nach dem Stechen schickte: " Ist das ein Buchstabe?" Ich spürte seine Verwunderung bei dieser Frage. Er konnte nicht fassen, dass ich nicht nur den Stern hab tätowieren lassen, sondern auch den Anfangsbuchstaben seines Vornamens. Wir tauschten noch einige liebevolle Nachrichten...

Kapitel 7

Am darauffolgenden Tag gingen einige Nachrichten hin und her bis mich schließlich ein Foto von ihm erreichte…zu sehen war auf diesem Foto ein ziemlich demoliertes Fahrrad. Erschrocken erkundigte ich mich nach seinem Befinden. „Alles in Ordnung", teilte mir Sascha mit. Er sei wohlauf und selbst nicht gestürzt, sondern ein Bekannter, der durch Glasscherben fuhr und außer platten Reifen keinen weiteren Schaden davon trug. Gott sei Dank, nichts weiter schlimmes passiert. Wie nett von Sascha, wenn Hilfe benötigt wird, ist er scheinbar sofort zur Stelle. Mit dem nächsten roten Punkt kam seine Handynummer und dahinter stand: " Falls du auch mal einen Notfall haben solltest". Meine Antwort war dazu meine Handynummer und die Frage: " Wo bekomme ich ein Fahrrad her, und wo liegen nochmal die Glasscherben?" Sascha meinte dazu er würde heute Abend so gegen 18:30 Uhr durch die Straße fahren in der ich wohne, vielleicht könnte man sich mal winken?!

Oh Gott, dachte ich wieder mit Herzklopfen. Woher weiß er, wo ich wohne? Sehe nicht so aus wie auf den Fotos bei Instagram, danke Powercam.

18:10 Uhr ich stand aufgeregt am Gartenzaun nicht wissend ob er von links oder von rechts angefahren kommt. Mit Auto? Welches Auto? Mit Fahrrad? Oder zu Fuß? Nervös zündete ich mir eine Zigarette an, immer wieder nach links und rechts schauend. Vielleicht erkenne ich ihn nicht? Schließlich kannte ich nur ein Foto von ihm. Als ich zappelig am Zaun stand und darüber nachdachte, hielt ein bekanntes Auto an, dessen Insassen der Meinung waren, dass ich auf der Suche nach einer Plauderstunde am Gartenzaun wäre. Natürlich wollte ich das nicht und rief freundlich über die Straße: "Keine Zeit, werde jeden Moment abgeholt. „Du lieber Himmel", dachte ich angespannt, ich wollte doch die Sicht frei haben, um Sascha zu winken.

Mein Herz kündigte mir mit starkem klopfen an, dass der Moment gekommen war .Ein schwarzer Passat Kombi fuhr mit Schrittgeschwindigkeit und suchendem Fahrer die Straße entlang. Unsere Blicke trafen sich und was tat Sascha? Er winkte nicht wie abgesprochen sondern bremste abrupt und parkte direkt vor dem Gartenzaun und stieg in einem feinen Anzug aus dem

Auto. Lächelnd und mit weit auseinander gestreckten Armen kam Sascha auf mich zu und umarmte mich über den Gartenzaun mit den Worten: "Erst mal drücken". Verwirrt und mit Herzrasen, weil ich nicht damit gerechnet hatte, dass er anhalten würde, geschweige denn aus dem Auto steigen würde, mit Anzug, riss ich meine Jacke auf und zeigte auf das neue Tattoo: „Guck der Stern", kam eine unsichere Stimme aus mir heraus. So musste sich „Baby" (Frances Houseman) in „Dirty Dancing" gefühlt haben, als sie das erste Mal auf „Johnny" (Patrick Swayze) traf. "Ich habe eine Wassermelone getragen", antwortete sie ihm auf die Frage, was sie auf der Party zu suchen hätte.

Vorsichtig und mit ausgestrecktem Zeigefinger kam Sascha meinem Stern-Tattoo näher und streichelte mit seinem Zeigefinger zärtlich über den Buchstaben und sah mich dabei mit seinen wunderschönen braunen Augen an. Er sah mir so tief in meine Augen wie noch nie ein Mensch zuvor. Ich hatte das Gefühl, dass er mir ins Innere, direkt in mein Herz, sah. Wir stammelten beide, keiner wusste so richtig, was er sagen sollte.

Jedoch erfuhr ich, dass er von Instagram Fotos sich ungefähr vorstellen konnte, wo ich wohnte, weil er die Straßen kennen würde. Dabei stellten wir fest, dass er nur zwei Straßen entfernt wohnte. Unglaublich, wir hatten uns noch nie gesehen, obwohl wir im gleichen Ort wohnten und unsere Kinder den gleichen Kindergarten besuchten und nicht nur das, sondern wurden seit drei Jahren in der gleichen Gruppe betreut. Mit einer herzlichen Umarmung verabschiedete Sascha sich stieg in den Passat und fuhr mit einem Winken davon.

Bei Sinnen fand ich mich auf meiner Terrasse mit Kippe und kaltem Lösi wieder. "Was ist das denn?", stellte ich mir selbst die Frage. Das ist „I shoot and raw"?! Was hat der denn für Augen? Noch etwas durcheinander von meinen Gedanken erreichte mich auf meinem Handy ein Nachrichtenton von Instagram. Ein roter Punkt von Sascha: „Da bekommt man doch keinen anständigen Satz raus". Lächelnd antwortete ich zurück, das ich das gleiche dachte, es aber trotz Sprachschwierigkeiten sehr schön fand ihn mal „in echt" zu sehen.

Kapitel 8

Am nächsten Abend hielt Sascha wieder am Zaun an und ich bat ihn auf die Terrasse auf Kippe und Lösi. Ähnlich wie am Tag davor waren wir unsicher und trotzdem war da etwas Vertrautes zwischen uns beiden. Wir saßen nebeneinander und ohne dass ich etwas dafür konnte, nahm ich einfach seine Hand und meinte: „Ich muss deine Hand halten".

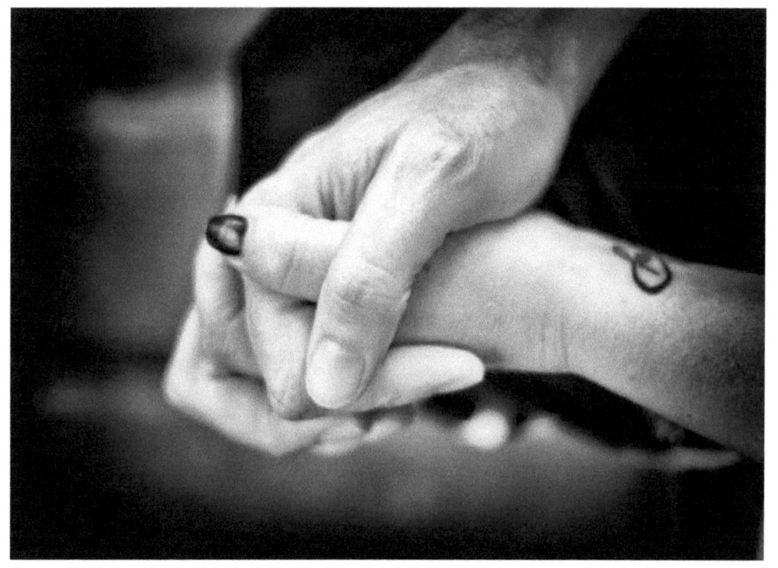

So saßen wir einige Minuten, bis wir unseren Kaffee ausgetrunken hatten. Plötzlich stand Sascha auf um sich zu verabschieden, dabei streiften seine Lippen meine, ehe sie sich aber berührten waren sie auch schon wieder auseinander. Also ein Kuss war das nicht, dachte ich mir fast in Trance. Sascha blieb noch einen Moment stehen und schaute mich wieder so an wie am Gartenzaun, er seufzte kurz und ging.

„Was ist das denn?" Diese Frage beschäftigte mich ständig. Wie kann man sich zu einem Menschen so hingezogen und verbunden fühlen den man kaum kannte? In seiner Nähe fühlte ich mich direkt wohl, das Gefühl zu Hause zu sein, als ob wir uns schon ewig kennen würden, uns nur eine sehr lange Zeit nicht sehen konnten und uns nun endlich wiedergetroffen hatten.

Sascha meinte in einer Nachricht, dass uns das „Winken", was wir nun täglich machten, irgendwann nicht mehr reichen würde. Damit hatte er schneller Recht als gedacht. Einmal verpasste ich es nur knapp pünktlich am Zaun zu stehen, als er vorbei fuhr. Das war so schlimm für mich, dass ich den ganzen Abend todunglücklich war und es nur schwer aushalten konnte bis zum nächsten Abend.

Kapitel 9

37

„Hast du heute Zeit"? stand es am darauffolgenden Morgen in einer Nachricht von Sascha, die schon sehnsüchtig von mir erwartet wurde. Ich freute mich darüber wie ein kleines Kind auf Weihnachten und konnte es kaum glauben, dass er sich noch am selben Tag mit mir treffen wollte.

Aufgeregt stieg ich zu Sascha in den schwarzen Passat, er lächelte mich an und fuhr los. Wir hatten keine Ahnung, kein Ziel, wo wir hinfahren sollten aber angekommen sind wir irgendwann auf einem Parkplatz der zu einem Aussichtspunkt über der Moselbrücke führte.

Es war ein wunderschöner warmer Sommertag im August. Wir setzten uns nach einem kleinen Spaziergang auf eine alte Bank, die ein paar Meter weiter neben dem Aussichtspunkt am Waldrand stand.

Die Zeit stand still. Wir hielten unsere Hände ganz fest
und sahen uns dabei tief in die Augen. Ein
unbeschreiblicher, wunderschöner Kuss zog unsere
Körper noch enger zueinander. Dieses unsichtbare Band
war so voller tiefer Liebe, dass wir die Anwesenheit der

geistigen Welt, Engeln und Gott spüren konnten. Zwei Körper, eine Seele nach langer Zeit wiedervereint.

Nach einigen wunderschönen Stunden, die wir engumschlungen auf der Bank verbracht hatten, kam für uns der Moment sich zu verabschieden. Wir mussten wieder zurück nach Hause und zwar jeder in seine eigene Welt.

Gerade auf meiner Terrasse angekommen, teilten wir uns über Social - Media Nachrichten nochmal unsere tiefen Gefühle füreinander mit.

Nach einer schlaflosen Nacht, traf das ein, was Sascha schon lange vorher geahnt hatte…" Irgendwann wird uns das Winken nicht mehr reichen"…

Kapitel 10

Sascha schrieb den ganzen Vormittag nicht und ich auch nicht, schließlich war er verheiratet, wenn auch unglücklich. Am späten Nachmittag, ich hatte schon keine Hoffnung mehr und mein Herz war schon ganz schwer, da kam ein erlösendes „Hey", von ihm. Ich antwortete ihm mit einem „Hey" zurück. Sascha wollte wissen wie es mir geht. Ich schrieb: „Die Wahrheit ist… beschissen". Sascha ging es genauso. Es war für uns beide eine Qual, getrennt zu sein. Wir kannten uns wenige Wochen und davon haben wir uns ca. vier Stunden gesehen, mit Lösi auf der Terrasse vielleicht fünf Stunden und trotzdem war da so ein starkes Gefühl von der ersten Sekunde an, dass es uns körperliche Schmerzen bereitete, nicht zusammen zu sein.
Am Abend kam eine Nachricht von ihm: „Ich habe es ihr gesagt, kann ich zu dir? Ich muss heute noch ausziehen."

Damit hätte ich niemals gerechnet. Als ich nach einem Gespräch mit den Kindern und deren Einverständnis mit einem: „ Wir freuen uns auf dich" antwortete, überkam mich ein unbeschreibliches Gefühl von glückseliger Dankbarkeit.

Die Kinder hatten die letzten Tage mitbekommen wie ich litt und Sascha zog noch am selben Abend ein.

Jeder „normale" Mensch hätte uns davon abgeraten. Wir kannten uns nur wenige Wochen und gesehen haben wir uns davon nur ein paar Stunden und trotzdem waren wir uns sicher, diesen Schritt zu tun und für immer zusammen zu bleiben.

Inzwischen hat Sascha mir in Paris unter dem Eiffelturm vor einer riesen Menschenmenge den schönsten Heiratsantrag der Welt gemacht. Natürlich habe ich aus tiefsten Herzen „JA" gesagt.

Kapitel 11

Sascha, unsere Kinder und ich sind über glücklich miteinander. Niemals hätten wir uns so ein harmonisches Zusammenleben mit unseren Ex-Partnern vorstellen können. Jetzt ist alles gut.

Sascha und ich lieben uns von ganzem Herzen und aus tiefsten Herzen, weil wir so sind, wie wir sind. Wir zeigen uns unsere Herzen ganz frei voreinander, ohne Schutz ohne Mauer, weil wir uns sicher sind dass wir aufeinander aufpassen.

Wir hatten noch nicht ein einziges Mal Streit und das wird auch nicht in Zukunft der Fall sein. Unsere gemeinsame Zeit ist uns heilig. Wir danken Gott und dem Universum jeden Tag, dass er uns zusammengeführt hat und dass er uns den Mut dazu gab, glücklich zu sein.

Schlusswort

Wo die größte Sehnsucht ist , ist auch die Wahrheit.

Die wahre Liebe kommt von deinem Herzen und diese ist bedingungslos.

Wenn DIR die einzig wahre Liebe begegnet, dann weißt DU es. DU hast keinen Zweifel, DU bist dir sicher, DU fühlst dich zu Hause und angekommen. Dieses tiefe Gefühl der Liebe ist nicht in Worte zu fassen, DU kannst sie aber mit ganzem Herzen fühlen.
DU erkennst dich und heilst DICH selbst!

„ Sei mutig um glücklich zu sein"!

Alle lieben Wünsche

Dany & Sascha

Danksagungen

Wir möchten uns bei allen Menschen bedanken, die uns immer zur Seite gestanden haben.

Unser besonderer Dank geht an:

„Emma"

Joshua, Zoe, Noemi

Ben & Michel

Ilona & Harald

Franzi , Norman

Christel & Dieter Ballerstedt

Mel und Rene`

Birgit & Harald

Anja & Stefan

Dany
&
Sascha
forever